AF363552

CATALOGUE

DE

TABLEAUX ANCIENS

PARMI LESQUELS ON REMARQUE :

Les Agioteurs, au Palais-Royal, par L. Boilly.
Le Mangeur de moules, par A. Cuyp. — La Collation, par P. de Hooch.
Quatre paysages, par S. Ruysdaël.

ET AUTRES ŒUVRES DE :

Brakenburg, Brekelenkamp, de Hondt, Lancret, C. Van Loo,
N. Maas, G. Michel, Molenaer, Otto Vénius et Breughel de Velours,
Palamèdes, Pynacker, Rigaud, J. Steen, D. Teniers,
Van der Werff, Wynants, etc., etc.

Provenant en partie de la Collection de M. le baron de Beurnonville.

DONT LA VENTE AURA LIEU

HOTEL DROUOT, SALLE N° 8

Le Samedi 24 Mars 1883,

A deux heures et demie.

———————

COMMISSAIRE-PRISEUR

Mᵉ PAUL CHEVALLIER, Succʳ de Mᵉ CH. PILLET
10, rue de la Grange-Batelière

EXPERT : M. E. FÉRAL, peintre
54, Faubourg-Montmartre.

Chez lesquels se trouve le présent Catalogue.

———————

EXPOSITION PUBLIQUE : le Vendredi 23 Mars 1883,
De une heure à cinq heures et demie.

CONDITIONS DE LA VENTE

La vente sera faite au comptant.

Les acquéreurs payeront cinq pour cent en sus des enchères applicables aux frais.

Paris. — Typ. PILLET et DUMOULIN, 5, rue des Grands-Augustins

DÉSIGNATION

TABLEAUX ANCIENS

ALLEGRAIN

1 — Nymphes dans un paysage.

Elles fuient effrayées vers un temple, une figure allégorique du Temps enlevant l'une d'elles.

BEAUCOURT

2 — Jeux d'enfants.

Peinture en grisaille imitant un bas-relief.

BERGHEM (GENRE DE N.)

3 — Passage du Gué.

BOILLY (LOUIS)

4 — Les Agioteurs, au Palais-Royal.

De nombreux personnages, portant les costumes du Directoire, causent et discutent dans le jardin; au second plan, des femmes se chauffent autour d'un feu.

Importante composition, d'une exécution fine et spirituelle.

BRAKENBURG

5 — La Fête des Rois.

Les joyeux convives chantent et boivent groupés autour de la table où se trouve le gâteau. Une femme, assise sur la gauche, tient un carafon se disposant à remplir un verre, elle regarde en souriant un homme debout qui chante.

Vers le fond, quelques personnages se chauffent devant une cheminée.

Différents ustensiles de cuisine, un banc, une serviette
et un cruchon sont au premier plan.

Beau et important tableau de l'artiste, signé et daté
1691.

BREENBERGH

*6 — Paysage avec cours d'eau et constructions
en ruines.*

BREKELENKAMP (Q. VAN)

7 — La Dentellière.

Elle est assise auprès d'une fenêtre, une jeune fillette
et un petit garçon amusent un tout jeune enfant assis sur
une chaise de bois.

BREKELENKAMP (Q. VAN)

8 — Intérieur hollandais.

La mère, assise au centre, montre une pomme à un
enfant qui se cache timidement derrière une chaise; à
droite, une fillette et un jeune garçon les regardent en

riant. Un voisin est sur la porte de la maison, prenant part à cette scène de gentillesse maternelle.

Très bon tableau, franchement peint, signé du monogramme.

CANALETTI

9 — Le grand Canal, à Venise.

CANO (ALONZO)

10 — Saint François et l'enfant Jésus.

Belle peinture, remarquable par la finesse de l'exécution et le sentiment religieux.

COYPEL

11 — Portrait de jeune Femme en Diane.

CRAESBEECK (J. VAN)

12 — La Toilette de l'Enfant.

CUYP (ALBERT)

13 — Le Mangeur de moules.

Il est assis dans un intérieur devant un tonneau où se trouve placé un plat, en terre rouge vernie, plein de moules; une fillette et un jeune garçon assistent à son déjeuner. Sur la droite, deux personnages causent à une fenêtre ; dans la pénombre, à gauche, on aperçoit un homme debout, deux poules, un chien et différents ustensiles au premier plan.

Fin et beau tableau du maître, peint sur bois.

CUYP (attribué A ALBERT)

14 — Le Repos des Chasseurs.

Ils se reposent au pied d'un coteau, auprès d'un arbre ; au premier plan, un valet accouple deux chiens lévriers, un jeune homme descendu de sa monture cause avec une jeune femme.

DE TROY (F.)

15 — La Duchesse de Bourgogne et ses enfants.

Esquisse.

DIETRICH

16 — *Le Repos dans le parc.*

Une joyeuse compagnie se repose dans un parc, auprès d'une fontaine; six jeunes femmes dont l'une assise au centre, et vêtue d'une robe de soie jaune, reçoit une guirlande de fleurs que lui présente un enfant. Au second plan, un gentilhomme drapé dans un manteau; dans le fond, des promeneurs.

Gracieuse composition, dans le sentiment de Pater.

DROUAIS (attribué a HUBERT)

17 — *Portrait d'un jeune Seigneur.*

Vêtu d'un habit en velours bleu, le tricorne sous le bras, la main dans le gilet.

FRAGONARD (attribué à)
(DEUX PENDANTS)

18 — *Portrait de jeune Fille.*
Portrait de jeune Garçon.

FRANCK

18 bis — *Bataille.*

FRANCK

19 — L'Adoration des Mages.

Peinture sur cuivre.

GIORDANO (LUCAS)

20 — Portrait d'homme.

GRIMOUX

21 — Jeune Femme artiste.

Elle est assise devant son chevalet, la palette à la main,
vêtue d'un élégant costume avec corsage bleu et orange.

GUERCHIN (attribué AU)

22 — L'Astronomie.

Figure allégorique, vue à mi-corps.

HONDT (L. DE)

23 — Port de mer.

Des soldats et des matelots sont réunis sur le quai, les

uns assis sur des tonneaux, causant, d'autres portant des ballots ; au second plan, un bateau chargé de soldats se dirige vers un navire de guerre, dont les voiles déployées montrent qu'il va gagner la pleine mer. A droite, les murs d'une forteresse.

Très bon tableau, clair et brillant, d'une parfaite conservation.

Signé en toutes lettres.

HOOCH (PIETER DE)

24 — *La Collation.*

Une famille hollandaise est représentée dans une galerie dallée de marbre, devant deux grands rideaux ouverts sur un parc orné de charmilles et de statues. Le chef de la famille est debout, en robe de chambre, la main gauche sur la poitrine, tenant une canne de la droite. Sa femme est assise auprès d'une table recouverte d'un tapis d'Orient. Elle porte une pèlerine noire sur une robe de satin blanc. Sa petite fille, habillée d'une robe de soie à raies de couleurs, agace un chien qui jappe. Un jeune serviteur apporte des pêches sur un plat d'argent. Un perroquet est perché sur une cage posée sur la table.

KESSEL (VAN)
(DEUX PENDANTS)

25 — *Port de mer avec poissons jetés sur la plage.*

Animaux de toutes sortes, au bord de la mer.

KESSEL (attribué A VAN)

26 — Corps de garde de singes.

LAGRENÉE (GENRE DE)

27 — Une Vestale.

LANCRET (NICOLAS)

28 — Concert champêtre.

Un jeune homme, debout dans un paysage, joue de la flûte ; près de lui, une jeune femme assise chante, tenant une partition.

Tableau de forme ovale, d'une remarquable finesse de tons.

LAURY (PHILIPPE)

29 — Paysage avec figures.

Sur la droite, trois hommes et deux jeunes femmes ; l'une d'elles semble tracer un plan. A gauche, la mer.

LONGHI (attribué a)

3o — Quatre tableaux faisant pendants.

Scènes d'intérieur :
Le Lever.
Le Départ pour le bal.
Femme filant.
Les Danseurs.

LOO (CARLE VAN)

3i — Portrait de jeune Femme.

Elle est assise, vêtue d'une robe blanche décolletée, garnie de fourrure ; elle tient une quenouille, devant elle un rouet ; un amour est à ses côtés.

MAAS (NICOLAS)

32 — La Maison d'un charcutier, à Amsterdam.

Trois personnages causent devant la porte de l'habitation. Un vieillard, coiffé d'un chapeau à large bord et couvert d'un ample manteau, est assis sur la traverse de bois d'un garde-fou, discutant avec un jeune homme le prix d'un porc suspendu à une échelle: la maîtresse du logis les écoute sur la porte; au second plan, on aperçoit un homme appuyé sur le parapet d'un pont; plus loin, un canal bordé de maisons.

Très curieux et intéressant tableau de ce maître.

MEULEN (attribué A VANDER)

33 — *Le Siège d'une ville de Flandre.*

MICHEL (GEORGES)

34 — *La plaine Saint-Denis.*

Le ciel est nuageux, la plaine est coupée par des haies d'arbres, un rayon de soleil éclaire vivement un champ de blé qui se trouve au centre.

Tableau important de l'artiste.

MICHEL (GEORGES)

35 — *Paysage.*

Œuvre importante de l'artiste.

MOLENAER

36 — Le Viverberg, à La Haye.

Le grand Duc sort du palais accompagné de gentils-
hommes. Des jeunes femmes sont rangées au bord du chemin.

Beau et intéressant tableau de l'artiste, d'une parfaite
conservation.

NEER (GENRE DE VANDER)

37 — Vue de Hollande.

Effet de clair de lune.

OTTO VENIUS (VAN VEEN, DIT)
ET
BREUGHEL DE VELOURS

38 — Vénus sur un char conduit par l'Amour.

Au-dessous, un groupe de personnages que l'Amour, en
passant, a percés de ses flèches.

Ces figures sont dans un paysage peint par Breughel où
l'artiste a représenté des oiseaux, des poissons, des cerfs,
etc. Le tout de la plus remarquable finesse et de la plus
parfaite conservation.

OUDRY (J. B.)

*39 — Fruits et Légumes posés sur une table de
pierre.*

PALAMÈDES

40 — Intérieur hollandais.

Des jeunes femmes et des cavaliers sont groupés autour
d'une table. L'un d'eux est debout au centre, causant avec
une dame qui tient un verre; à gauche, un autre se chauffe,
assis devant une cheminée.

PALAMÈDES

41 — Intérieur.

Au centre, une jeune femme est assise causant avec un
officier debout et drapé dans son manteau.

PORBUS (GENRE DE)

42 — Portrait d'homme.

POUSSIN (attribué à N.)

43 — Le Temps.

Composition allégorique représentant une jeune femme à sa toilette, effrayée par le Temps qui lui montre une fleur.

PYNACKER (ADAM)

44 — Paysage avec constructions en ruine.

Une femme ayant un panier est assise au premier plan; à gauche, un berger cause avec un voyageur occupé à dessiner les bâtiments en ruine.
Vers le fond, des arbres et de hautes montagnes.

RIGAUD (HYACINTHE)

45 — Portrait d'un Officier supérieur.

Vu à mi-corps, la tête de trois quarts à gauche; perruque poudrée. Il porte une cuirasse, un manteau en velours grenat est jeté sur ses épaules.

Très beau portrait du maître, dans un cadre en bois sculpté.

RUYSDAEL (SALOMON)

46 — La Plage de Scheveningen.

Le terrain est inégal au premier plan, quelques personnages, groupés sur un monticule, regardent la pleine mer; vers le fond, deux cavaliers longeant la plage; plus loin une église et des maisons de pêcheurs.

Signé du monogramme et daté 1663.

RUYSDAEL (SALOMON)

(PENDANT DU PRÉCÉDENT)

47 — La Plage de Scheveningen.

Des pêcheurs avec leurs paniers attendent la marée basse; sur la gauche, un groupe de promeneurs au sommet de la butte. Vers le fond, un village en partie caché dans les plis du terrain.

Signé du monogramme et daté 1663.

RUYSDAEL (SALOMON)

48 — *L'Abreuvoir.*

Des vaches et des moutons se désaltèrent dans une mare, au premier plan ; à droite, sur un chemin longeant la lisière d'un bois, deux hommes et un chien. Au centre, deux bouquets d'arbres touffus se détachant sur un ciel semé de légers nuages.

RUYSDAEL (SALOMON)

49 — *Rivière hollandaise.*

Sur la gauche, une église. Des arbres longent le bord de la rivière ; de nombreux villageois montés sur des bateaux s'approchent du rivage.

SCHALL. (attribué a)

5o — *L'Artiste et son modèle.*

SCHALL (attribué à)

(DEUX PENDANTS)

51 — La Nourrice coquette;
Le Baiser surpris.

Gracieuses compositions de formes ovales.

STEEN (JAN)

52 — Le Chirurgien.

Dix personnages sont réunis dans une chambre à coucher. On entoure la malade, une jeune femme qui s'est donnée quelque entorse, et présente son pied nu au chirurgien. Celui-ci est à genoux sur le parquet, sa trousse et son chapeau près de lui.

Vente baron de Beurnonville.

STEEN (GENRE DE J.)

53 — La jeune Malade.

STELLA

54 — Le Mariage de la Vierge.

TENIERS (DAVID)

55 — Le Chasseur.

Un jeune homme, tenant un faucon sur le poing, une canne à la main, s'approche, venant en face du spectateur, suivi de deux chiens; au second plan, deux villageois causent au pied d'un monticule surmonté de quelques arbres; dans le fond, des montagnes et le clocher d'une église.

Vente du baron de Beurnonville.

TENIERS (DAVID)

56 — Plage.

Au premier plan, de nombreux pêcheurs s'occupent à vendre et à décharger des paniers remplis de poissons.

Sur la gauche, on aperçoit un château à tourelles, qui domine le rocher.

Sur la droite, la mer sillonnée par des bateaux.

Fin et beau tableau de ce maître, peint sur cuivre.

TENIERS (GENRE DE D.)

57 — Un Camp.

THULDEN (J. VAN)

58 — La Fuite en Égypte.

.WERFF (ADRIAAN VANDER)

59 — Portrait d'un seigneur.

Debout dans un parc, vu jusqu'aux genoux, le bras gauche appuyé sur un socle orné de bas-relief, la tête de trois quarts tournée vers la droite, perruque blonde bouclée ; il porte un vêtement fond jaune à fleurs et ornements en partie caché par un manteau en velours grenat.

Fond avec statue.

Signé en toutes lettres.

Collections Goldschmid et baron de Beurnonville.

WYNANTS (JAN)

60 — *Le Château sur la colline.*

Un château fort se dresse au sommet d'une colline plantée d'arbres espacés.

Au premier plan, une barrière rustique borde un côté d'un chemin qui serpente sur une élévation de terrain.

Plusieurs figures animent ce chemin : paysan portant un sac et accompagné d'un chien ; femme assise avec son petit garçon, etc.

Vente baron de Beurnonville.

WYNANTS (JAN)

61 — *Paysage.*

A droite, l'entrée d'un bois, un arbre au tronc noueux penché vers la gauche. Un berger se repose assis, au premier plan ; sur la gauche, une mare ; vers le fond, une campagne boisée avec ciel nuageux.

Beau tableu, de a première manière du maître.

ÉCOLE FRANÇAISE

62 — *Portrait d'homme et portrait de femme.*

Toiles ovales, dans des cadres en bois sculpté.

ÉCOLE FRANÇAISE

63 — Portrait de jeune Femme.

ÉCOLE FRANÇAISE

64 — Portrait de Femme vêtue d'une robe bleue.

ÉCOLE FRANÇAISE

65 — Portrait d'un jeune Prince.

ÉCOLE FRANÇAISE

66 — Villageois en voyage.

ÉCOLE FRANÇAISE

67 — La Sortie du bain.

ÉCOLE FRANÇAISE

68 — Un Mendiant.

ÉCOLE HO...

69 — Portrait d'...

ÉCOLE HOLLANDAISE

70 — *Portrait d'un seigneur vêtu d'une robe de chambre de soie violette.*

ÉCOLE ITALIENNE

(DEUX PENDANTS)

71 — *Paysages avec figures et animaux.*

ÉCOLE ITALIENNE

72 — *Le Joueur de flûte.*

ÉCOLE ITALIENNE

73 — *Personnage oriental fumant.*

ÉCOLE VÉNITIENNE

74 — *La Vierge, l'enfant Jésus et saint Jean.*

INCONNU

vendants.